봄비의 자장가

봄비의 자장가

초판 1쇄　2012년 7월 20일
지은이　추명희
펴낸이　김영재
펴낸곳　책만드는집

주소　서울 마포구 합정동 428-49번지 4층 (121-887)
전화　3142-1585·6
팩스　336-8908
전자우편　chaekjip@naver.com
출판등록　1994년 1월 13일 제10-927호

ISBN　978-89-7944-397-4 (04810)
ISBN　978-89-7944-354-7 (세트)

책 만 드 는 집
시인선 019

봄비의 자장가

추명희 시집

책만드는집

| 차례 |

1부

2부

3부

1부

가을 옛집

바람 속에서
꽃들이 부서지고 있다
금빛으로 닳아가는
마지막 집에

축일을 가늠하던
어머니의 손이
고여오르고 있다

눈 안으로 들어오던
나비는
무너져 내리는 남쪽으로
무슨 화석인가 되어가고

종일 산 바닥을 뒤지던
시간이
빗장을 열고 들어서고 있다

카슈가르에서 1

－서늘한 꿈

위구르 사내들은
허리춤에 단검을 꽂고 다니더라

살냄새 후끈한
카슈가르의 시장 바닥에서
작고 서늘한 칼 하나를 골라
나를 향해 겨눈다

오십 년 묵은
썩은 나무토막이 쓰러지고
나를 깎는다

내 안의 어둠을 도려내고 벗긴다
설설 끓는 대낮에 꾸는
서늘한 꿈

카슈가르에서 2
-침묵의 맛

검은 베일을
뒤집어쓴 위구르 아낙네

오싹하는 내 얼굴에
묵은 간장 빛깔
보자기를 뒤집어씌우는
저 눈
쉿, 내 손으로 내 입을 막는다

카슈가르 전통 시장에서
오래 묵어 깊고 진해진
우리나라 간장
침묵의 참맛을 보았다

카라쿨리 호수* 1

−절규絶叫

카라쿨리 호수 근처
거적을 두른 변소
스멀스멀 구더기가
발등으로 기어오른다

똥통에 빠져 허우적대며
서로를 물어뜯는
구더기의 절규
살기등등한 지옥

하얗게 질려 뛰쳐나와
더 비울 수 없을 만큼 토한 후
눈물 그렁한 눈으로
타는 하늘을 올려다본다

아, 길이 끝난 그곳
나는 지옥을 보았다

* 카슈가르에서 파키스탄 파미르 고원으로 가는 길에 있는, 만년설과 빙하로
  둘러싸인 신비로운 호수. 해발 4500미터가 넘는 곳에 위치한 커다란 호수
  로 실크로드 여정 중에 만나는 절경이다.

카라쿨리 호수 2

－적요寂寥

사막 끝
골짜기 깊은 곳
호수가 있다

머리 위에 만년설을 두른 호수
영원히 녹지 않을 고요를
받쳐 들고 있다

귀 기울여야 들리는
잔잔한 물소리
별똥별 되어 빠져버리고 싶은
속 깊은 호수

아, 길이 끝난 그곳
나는 당신의 눈동자를 보았다

바람 끝 따라잡고

흰 구름 좇다
가던 길 놓쳐버리고
혼자 버려진 가을에는
바람 끝 따라잡고
고향 집 앞마당을 찾으리라

애닲고도 그리운 이름들
모두 불러 앉히고
낯익은 햇빛 속에서
생의 반나절을 타작하리라

매미 허물처럼 말라가는 세월 위에
핏빛 사루비아
잔인한 가을

누란의 미녀*

1

3200년 동안
살의 감옥에 갇혀 있는
누란의 미녀
흙으로 돌아가야 할 육신이
구경꾼의 시선 속에서
또 한 번 죽는다

아쉬운 작별
그리고 영원한 부재
쉽게 잊힌다는 것은
차라리
커다란 축복

2

당신도 한 번쯤 꿈꾸었을
영생永生

그 헛된 꿈이
검은 누더기를 입은 채
부끄러운 자태로
잠들지 못한다

미라,
우리들 꿈의 끝자락
썩은 넝마를 두른
영생이란 이름

* 신강위구르자치박물관에 있는 여인의 미라. 머리카락, 손톱도 그대로이며,
  마치 살아 있는 것처럼 표정이 생생하다.

누가 와 계셔서

거기
누가 계셔서
아지랑이처럼 아른아른
누가 와 계셔서

진달래 심장 펼쳐
산그늘 붉게 켜고
우리 마음
수북한 가랑잎
쓸어내 주시더라
햇살 가득 담아주시더라

접힌 귀
열어주시며
살아라 살아라
쓰다듬는
누가 와 계셔서

고비사막 1
−낙타풀

사막에서
가시 돋친 풀을 만나다

가시에 찔린
낙타의 핏방울인 양
빨간 꽃을 왕관처럼 쓰고
모래바람 속에서 흔들리는 낙타풀

낙타풀에게 묻는다
"사막을 건너는 법은?"
"온몸에 가시 달고 모래 속에서도 실하게 집 짓기"

사막에도 빨간 꽃이 피어 있었다

고비사막 2
-나그네

쏟아지는 햇빛에 걸려
넘어지는 나그네
사막에는 숨을 곳이 없다

지나온 길이
하얗게 지워져 보이지 않는다
"나는 어디서 왔는가?"

두터운 햇빛이 쌓이고 쌓여
모래가 되었나 보다
발등을 데며
앞만 보며 걷는다

"나는 누구인가?"
모른다 귀가 먹먹하다
나를 잃는 것은
황홀한 축복

모래바람이 불고

지나온 길이

하얗게 지워져 보이지 않았다

부겐빌레아

−인도 뭄바이에서

선혈 터지듯 까르르 웃는
처녀들의 웃음소리처럼
잿빛 도시를
붉게 물들이는 꽃

사리 안에 감춘 욕망이
일제히 들고 일어나
손짓하는
손짓하는
불길 같은 꽃

먼지와 혼돈을 삼키고
붉고 선명하게 피어
이승의 절정을 외치는 꽃

인도 뭄바이
까마귀 자욱하게 덮인

어두운 시간

검은 뿌리 위에
피어나는
삶의 찬가

부겐빌레아

아부심벨 벽화 앞에서

나 다시 삶을 배워야겠네

암호들로 가득한 벽화 속에서
생명의 열쇠를 주고받는
신을 닮은 사람들

어디서 배운 것일까?
한 번도 만난 적 없는
근심 없는 사람들의
따뜻하고 부드러운 미소

우아한 상형문자 속에서
영원을 꿈꾸는 자들의
분홍빛 뺨은 아직도 살아 있는데
나는 지금 살아 있는가?

바닥 모를 어둠에 빠져

꿈을 묻어버린 채
수천 년 전 죽은 사람들 앞에서
눈뜨고 있네

스핑크스의 질문

내가 나를
사랑할 수 없는 까닭을
이토록 먼 곳에 와서야 알았다

내가 늘 배고픈 이유를
이제야 알겠다
돌아보면
나는 한 마리 짐승

내 안에
한 마리 짐승을 먹여 살리느라
지금도 배고파

"너는 누구냐?"
수천 년 전의
스핑크스가 묻는다

나는
사람 속에서
사람답게
살고 싶을 뿐

그러나
아직도 목까지 차오른 허기
반수반인半獸半人의 나
이토록 먼 곳에 와서야 만나는구나

명사산鳴沙山* 가는 길

1

늙은 낙타의 등에
몸을 얹고
타박타박
명사산 가는 길

낙타의 까만 눈 속에
모래가 서걱인다

흔들리며 가다 보면
날이 저물기 전
그곳에 닿을까

2

쓰고 지우는
바람의 손길

바람 부는 대로
몸 바꾸며 우는 명사산

한 걸음 오르면
두 걸음 미끄러지며
모래산을 오른다

다시 바람이 불고
흔적 없이 사라지는 어제
고맙다, 고맙다
지난날의 발자국

* 돈황시 인근에 위치한 모래언덕으로 모래가 바람에 따라 이동하기 때문에
많은 사람이 오르내려도 바람이 불면 흔적도 없이 깨끗하게 지위진다. 명
사鳴沙는 모래들이 굴러다니는 소리가 마치 울음소리 같다는 데서 붙여진
이름.

연꽃 마을
-톤레삽 호수에서

눈 맑은 아이들이
어기여차 노 저으며
학교에서 돌아오는
캄보디아 톤레삽 호수
아이들 웃음이
진흙 밭에서 갓 피어난
연꽃 같다

아이들의 젖은 꿈이
말라가는 비릿한 냄새
대문도 뜰도 없는 물 위의 집
남루한 살림살이
흙탕물로 닦고 또 닦아
눈부시게 걸어놓았다

뭍으로 떠났던 사람
땅멀미하다

다시 돌아오는 이유를
알 것 같아
신발을 가만히 벗어 들고
가정방문 하고 싶은
연꽃 마을

봄 도다리 쑥국

인생 쓴맛
비로소 알아갈 무렵
뜨거운 국 "아, 시원타" 마시며
나는 어른이 되어 있다

"너 없어도 세상은 돌아간다"는 말
서러워 서성일 때
봄 도다리 쑥국 한 그릇
쓰라린 내 몸을 일으킨다

파릇한 기대가
목구멍으로 밀려온다
"아, 해야 할 일이
기다리고 있구나"

위로받고 싶어
서성이던 이여

남해 섬마을로 가라

겨우내 언 땅 녹이고
태어난 새봄 해쑥처럼
내 몸 어딘가에 숨은
약속 살아나리라

저물어가는 여강에서

매미 소리 쓸고 간
절간 마당처럼
더 버릴 것 없으면 좋겠네

겹겹이 입은 시름
단정히 개켜놓고
강물로
걸어 들어가는 저녁

어느새
내 안의 어둠도
서서히 빠져나가
저 세상 너머 너머로
반짝이며 흘러가는데

저 강물에
아직도 망설이는

나를 실어 보내고
더 남길 것 없으면 좋겠네

가을, 이천에서

가을에는 이천에 가겠다
수수밭의 수수들이
줄지어 서서
저마다 신을 지키고 있는
고개 숙인 얼굴 보러 가겠다

산과 산이 어깨를 감싸 안고
서로 사랑하는 것 보러 가겠다
산다는 건
진정으로 어여쁘더라

그때 우리는
어둠 속으로만
어둠 속으로만
비잉빙 돌던
철 늦은 새 떼였느니

가을에는
들판으로 가 서 있거라
바람이 불 때마다
들판으로 서러움은 밀리고

반라의 목숨 가릴 것 없이
살과 피 공손하게 받쳐 들면
햇빛으로 잘 익은
알약 하나 주시리라

가을걷이한 빈 들판
눈 끝에 매달리는
맨 처음 눈물도 돌려받으리라

내가 사는 법

고속도로에서
시속 50km로 달린다
추월하는
차들의 고함이
전쟁터 화살 같다

비둘기의 찢긴 날개가
파닥이는
그믐밤
고속도로

귀를 막고
비상등을 켠 채
구구구구 밤 비둘기
어둠을 달린다

2부

참평화

갓 태어난 아가를 안고
어미가
주르륵 눈물을 흘린다

2000년 전
잠시 머문 여인숙
마구간 풍경처럼

천사는 자신의 자리를
어미에게 내어주고
먼발치에서
등불을 들고 서 있는데

어디선가 들리는
할렐루야
"고통을 넘어선 세상
참평화 여기 있도다"

여기서 사는 즐거움

이정표는 숨겨놓으시는
맘씨 좋은 나의 하나님
안개 속에서 무르팍이 깨져도
나비처럼 파닥이며 일어섰습니다

깊고 긴 겨울을 주신
나의 하나님
제일 좋은 봄은 잠깐 주시어
초록을 온몸으로 느낄 수 있었습니다

감당할 수 있을 만큼만
목마름을 주신 나의 하나님
사막에도 낙타의 핏방울처럼
붉은 꽃이 피어 있었습니다

퍼붓는 눈발 속에서도
봄이 오는 소리

오늘 같은 내일은 없을 거라고
접힌 귀 열어주셨습니다

봄비의 자장가

물기 뚝뚝 흐르는
옷가지 널어놓고
서둘러 떠난 당신

당신 가슴에 엎지른 죄
아직 지우지 못한 채
하얗게 곰팡이 핀
얼룩 꺼내놓고

젖은 잎사귀 위에
후회 한 짐 얹어놓았을 때
밤 이슥도록 토닥이는 봄비

"토닥토닥"
당신 무릎을 베고
어제처럼 누워
자장가를

듣고 있었습니다

"토닥토닥"
"너는 혼자가 아니란다"
은근한 기쁨이
내 몸을 재우고 있었습니다

저녁에

앞치마에
물기를 닦으며
날이 저문다

저물녘
나를 맞이하던
엄마처럼

놀다 지쳐
깃들던
아늑한 품속

목마름은
다 어디로 가고
피는 한없이 순해져

두고 온

꿈도
까맣게 잊어버린 채

날이 저문다
용서라는 말처럼

아주 오래된 냉장고

냉장고가 운다
칸칸이 처박아둔
음식물이 버거워
밤새 뒤척이나 보다

"버려야지" "버려야지" 하면서
여태 간직하고 있었던가

밤새 앓고 있는
냉장고의 신음에 눈떠
내 마음 찬찬이 들여다본다

차마 버리지 못하던
먹다 남은 음식물처럼
차갑게 썩어가는
아득한 지난날

"비워야지" "비워야지" 하다가
끝내 냉장고를 울려버린 밤
아니 내가 우는 밤

개망초꽃에게 묻는다

스쳐 지나가던 사람이 뒤돌아본다
"내가 아는 사람과 너무 닮아서요"

생의 굽이굽이를 돌아
보이지 않던 인연이
말을 걸어온다

누구와도 닮고 싶지 않았다
높은 머리 위론
흰 구름 두르고
지상에 발이 닿지 않는
꿈꾸는 봉우리로 살고 싶었다

"누구일까,
나를 닮은 그 사람은?"

서로 어깨를 기댄 채

하얗게 웃고 있는

길가 개망초꽃에게 묻는다

복수초 피던 날

−아들에게

할아버지는
흰 눈 쓸어 새벽길을 열어두고
아버지는 아들과 함께
눈길 걸어
입대하는 아들을 배웅했다

처음으로
품에서 떠나는 아들이
꾹꾹 밟고 지나간 눈길이
어미의 가슴에 밤낮없이
녹지 않고 쌓여 있는데

소리 없이 흐르는 인연의 강물이
아들의 가슴을 적시는 것일까?
가르치지 않았는데도
제 아이를 품에 안고 어르는
너는 사람의 아들

어미의 가슴에 쌓인
시린 눈밭 위에
노란 복수초가
고개를 내밀고 있는
따뜻한 겨울

말씀

어머니
먼 서녘 하늘로 떠나시고
내게 남겨진
보따리 하나

꿰매고 동여맨
생애 한 자루
목까지 꼭꼭 싸맨 자루가
스르르 풀린다
아무것도 없다
믿어지지 않는다

나는 어머니의
수고가 가여워
목이 메는데
멀리서
들리는 어머니 목소리

“아가
애써 채우려 하지 마라
쓸어 담을수록
새어 나가는 꿈
애써 담으려 하지 마라”

부음訃音

툭, 툭,
말없이 떨어지다가도
때로 멈칫
허공에서 맴도는 꽃잎

떨어지는 잎에게
온몸 기울여
나무가 하는 말

"안녕―
이제 때가 되었다
바람에 온몸 정갈히 씻고
낯선 곳으로 가거라"

잎 떨어진
아픈 자리 문지르며
떨어지는 잎과

눈 맞추는 나무

"떠나거라
뒤돌아보지 마라
뼈 마디마디
네가 남긴 자리가
아릿하게 아프구나"

툭,
잠시 멈칫하던 꽃잎
먼 길 떠난 자리
새잎 돋던 날

또 한 생애가
대답도 없이 잊혀지고 있다

그녀에게

그녀가 서서 울고 있네
이팝꽃 무리 지어
소곤소곤 피어 있던 날
푸른 신호등은 깜빡이는데

천지간 저 혼자인 듯
흐느끼던 여자
푸른 신호등을 심연처럼
여겼던 것일까

맑게 갠 봄날
겹겹이 서러움 껴입고
내 눈 속으로
달려들어 안기던 여자

벚꽃 날리던 봄날
혼자 눈보라에 갇혀 울던 여자

그 여자
아직도 그 자리에 서 있을까

흐느낌 그치고
건널목 건넜을까
맑게 갠 얼굴로
지난날 저만치 잊고 있을까

속마음

갓난아기들이
한결같이 고운 것은
목에 힘을 주지 않기 때문이다

깨끗하게 비어 있는 아가의 손
울음으로만 자신을 드러내는
저 눈물겨운 본능

"나도 아가이고 싶다"
실핏줄 맑게 살아 있고 싶다
이제야 내 눈에 맺히는 물방울

배냇저고리

쩍쩍 갈라져 시린 가슴에는
우리 아가 배냇저고리
살포시 덮고

조바심으로 타들어가는 가슴
우리 아가 작은 발로
한 걸음 한 걸음

우리 아가 잠든 얼굴로
용서할 수 없는 것들
차례차례 지워가면

어디선가 들리는 음성
"서두르지 마라, 내 아가"

오월

감았던 눈을 뜨자
초록이 더 진하다
봄의 숨결이 출렁인다
터널을 지나니 푸른 바다
파란 애벌레가
꿈틀 잠을 깬다

기다리던 사람 오지 않아도
한 점 외로움 없는 세상
잠 깬 아기
아장아장 걸어 나오듯
눈부신 세상이 열린다

토실토실 살 오르는 너를
품에 안으니
나는 지워지고
넘치는 햇살만 남았다

아기 엄마

－딸에게

날마다
제 꿈 덜어내
소복소복 둥지를 짜는 여자

젖 물고 잠든 아가
오래오래 들여다보며
"이토록 큰 황홀
여기 숨어 있었네"

제 깃털 뽑아
새끼 맨발 감싸는
젊은 여자

제 몸 소중함을 아예 잊은
세상에서
제일 넉넉한 여자가 있다

젖은 날개

건조대에 젖은 빨래가
너무 무겁다
눈물이 마를 새 없는
젖은 날개

사람들의
슬픔을 말리느라
천사들의 어깨도
늘 저렇게 젖어 있을까?

지상에 발이 닿지 않는
천사의 위로가
따뜻하게 살아 있는
세상의 한때

누군가의
근심을 나누어 져주느라

어깨가 늘 젖어 있는
사람들

뒷모습을 가만히 보라
어깨가
한쪽으로 기울어져 있다

손 놓아라

손 놓아라
손 놓아라
나무가 잎을 버리듯

꼭 쥐었던
손 놓으니
온 천지에
잎 지는 소리

잘 가거라
잘 가거라
서로를 잃기 전에
혼자되어라

허공으로 떨어지던
안타까운 눈빛
타오르던

어제의 사랑

그리움마저 털어버리니
하늘, 넓고 깊어
외로움도 두렵지 않아라

부를 이름 없어
마음 가볍고
기댈 곳 없어
홀로 넉넉한 가을

그 사람

빈 배에
가득 넘치는 파도
퍼내버리며
별빛도 없이
망망대해
노 저어 가는 사람

애기 이름 짓듯
시 하나 지어
엄마처럼
품에 안고
키우는 사람

아무도
가지 않은 길
길을 만들어
풍경 하나 둘

꽃피우는 사람

상처 난
발바닥 위에
묘비명을 쓰는 사람

그 사람
지금
당신 곁에 있다

끝나지 않은 노래

마주 안으면
가슴에 녹아들던 사람도
등 돌리면
아득히 깊은 강으로 흐르더라

그러나
전 생애 다하여
너와 만나는 곳이
내 집일 뿐이라고

이 가을
두 주머니 가득
밤알을 주워 넣고

너를 향해 달려가는
눈먼 사랑을
은밀한 기쁨을 누리고 싶다

3부

꽃씨가 여무는 시간

딸과 며느리의
웃음소리

영원히
시들 것 같지 않은
계절의
한복판

걸어서
몇 발자국
눈이 부셔
차마 다가설 수 없는
화사함

까만 씨가 여무는
꽃밭

저녁 산책

이미 지나온 길을
이렇게 걸어서
돌아갈 수 있다면

코스모스 망초 유채 홍초……
찬찬히 들여다보다
누가 볼세라 살짝 꽃을 꺾어
등 뒤에 감추기도 하며

두근거림 간직한 날들
다시 살 수 있다면
어깨의 힘 빼고
저녁 산책하듯
당신에게 다가가리라

아,
쓴 약처럼

목에 걸리는 세월
노을에 붉게 물든
한숨 소리

시간의 얼굴

무너지지 않기 위해
버티지 마
무너져 봐
허물어진 돌담
하얗게 삭아가는 시간

꽃 피우려고
몸부림치지 마
겹겹이 옷 입은 장미가
비에 젖어 시들고 있어

소란스런 빗줄기
온몸으로 견디는
뼈아픈 뉘우침

먼 데 있는 사람
부르지 마

기다림을 잊을 무렵
찾아오는 나른한 평화

긴긴 나날 견디고
새벽녘 찾아오는
넘치지도 모자라지도 않는
시간

능소화

목숨의 한가운데
꼭 그만큼의
색깔

죽은 나무를 껴안고
불꽃이
하나 둘 피고

나무의
숨소리가 들리는
여름 낮 12시

날개를 달고
먼 마을로 달아나 버린
그늘

바람 잦아진

굽이굽이
시든 여자

능소화
치어다보다
허리를 세운다

꽃그늘 아래

지금
우리가 누리는 봄은
그가 깨운 것이리라
발소리도 남기지 않고
조용히 다가와

그는
단비를 만드는 사람
흙에 허리 굽힌 등이
수혈하는 의사 같다

겨우내
동상 걸린 나무가
제비꽃 민들레꽃으로
꽃신을 신고 있는 곳
.

밤을 새워 울어도

나을 것 같지 않은
아픈 날들은
다 어디로 갔는가

그가 켠
꽃그늘 아래
또 한 생이
날마다 태어나고 있는데

꽃이 핀다

쉿!
꽃이 핀다
내가 핀다

누더기 된
시간이
겹으로 핀다

꽃잎을
공손히 받드는
바람

심장에
샘물이 고인다

쫓기던 얼굴
다 어디로 갔는가
고요하다

명자나무

안으로 안으로
숨죽여 터지는
붉은 울음

애써 잊으려
다문 입술

속으로 속으로
감춘 떨림
그것이 사랑인 줄 몰랐다

이제야
말문 여는
핏빛 아픔

가을 고해

내 이웃아
잎 지는 가을밤에는
알뜰히 고개 숙이고

낙엽이 떨어지는 곳으로
따라 내려가
길을 물어라

들키지 않게
내 마음 내가 매질해가며
홀로 피멍 든 사람 있거든

아픈 마음만으로
우리는 형제자매

고해하지 않아도
살갗은 투명해져

죄가 비치는

가을밤

평화로운 비밀

하늘보다 먼 길을
바람 달려와
얼음장 밑에 갇혀 있던
비밀을 쏟아내었다

산수유 노랗게 길을 열더니
개나리 목련 진 자리에
라일락 향기
라일락 지고 영산홍 불길 인다

봄비 내려
말갛게 씻긴 햇살 아래
새잎 돋는데
피고 지는 꽃 소식 속에
나는 무엇으로
세상을 불 밝히려나

모든 것은 흐르는 대로 두고
잠시 걸음을 멈추면
바람의 숨소리에 스민
평화로운 비밀

아득했던 운명도 향기로웠노라고—

말을 다시 배우고 싶다

시처럼 살고 싶다
하고 싶은 이야기는
줄이고 줄여 행간에 담고
말로 다하지 못한 말은
마음으로 나누고 싶다

백일쯤 지난 아가를
바라보는 엄마의 눈처럼
너는 혼자가 아니라는 걸
알게 해주는 말

배후가 없는 맑은 말
마음으로 스며들어
삶의 뿌리를 살리는 말

말을 다시 배우고 싶다
있는 그대로

모두 받아들여
시장기를 채워줄 말

나는 아직
배워야 할 말이
너무 많구나

'우리'라고 불러보라

끝내 풀리지 않던
사랑 공식의 답이
비로소 풀렸다

정답은 '우리'
여기는
불빛이 둥글게 익어가는
지상의 식탁

우리 엄마, 우리 아들
우리 남편, 우리 집
가난한 가족일수록
부드러운 목소리로
우리라고 불러보라

우리가 심은 한 알의 씨앗
새순 돋고 가지 뻗는 소리

아이들이 커가는 소리
이 충만한 기쁨은
어디서 오는 것인가

우리 선생님, 우리 반
우리 학교, 우리나라
가난한 나라일수록
따뜻한 목소리로
우리라고 불러보라

우리는 형제자매
울타리는 무너지고
넓은 바다 수평선에
무지개가 걸린다

운동장에서

알몸으로 당당하게
세상 밖으로
날아가는 구름 위로

아이들이
교과서를 뜯어
비행기를 날린다

교실을 뛰쳐나와
떨어지는 종이비행기

멀리 날지 못하고
고개를 갸웃한 채
푸드득 주저앉은
작은 새

바람이 불고

땡감이 떨어진다

따돌림 당한 아이처럼
깨진 상처가 안쓰러워
두 손으로 감싸본다

떫은 슬픔으로
아린 가슴

석양夕陽여자고등학교

학생들이
모두 집으로 돌아간
등나무 아래
반쯤 닳은 연필 하나
버려져 있다

어디로 갔을까
서두르지 않아도 좋았던 날
그날을 주우려
숙인 어깨 위
등꽃이 떨어진다

"치마가 구겨지면 초라해"
치마를 털며 먼저 일어서던 친구
그때 구겨진 교복을
다림질해주던 바람

휴대폰에 저장된
번호 모두 지워버린 채
지금 내가 있는 곳은
석양夕陽여자고등학교

복제된 시간이
깨끗이 빨아놓은
운동화를 신고 있다

겨울의 꿈

1

여기는 어디인가
눈은 우리의 얼굴을 지우고
마음으로 사는 이와
기도를 나누어 가진다

이미 울타리는 무너졌다
불이란 불은 다 끄고
귀도 버렸다

잃어버린 시간은
숯으로 재우고
이제 세상은
샘물빛 피가 돈다

2

지금은 몇 시인가

그대는 끝내 오지 않는가

그러나 눈이 오므로
겨울 저녁 눈이 오므로
기다림이 초록 별이 되어
가슴을 덥게 한다

3
눈이 오는
겨울 빈 들

거절하지 않아
굽은 등은 더욱 굽고
기다림을 위해 비워둔
천사가 있는 정물
거기는 어디인가

구름의 노래

1

모래밭 쓸쓸히 남겨두고
물결 저만치 몰려가고
썰물이 남기고 간 물웅덩이에
얼굴 비춰보는 흰 구름

여기는 어디쯤인가
—밀물과 썰물 사이
지금은 몇 시인가
—푸름과 낙엽 사이

생의 그물 안에
은빛 물고기들은 달아나고
외로운 흰 구름 하나

2

날이 저물기 전에 떠나야 하리

물웅덩이에서 내 손을 잡아끌고
저 언덕 풀밭 위로 돌아가야 하리

흰 구름 몸 일으켜 떠나고
우 몰려오는 물결
물결 위에 흰 돛단배 하나

전쟁은 끝났다

수업은 끝났다
손끝에는
탄흔처럼 남은 백묵 가루

씻기지 않는 하얀 핏자국을 문지르며
내려오는 계단
아이들의 가슴은 계단처럼 단단한데
오호, 우리들의 음성은 떠도는 먼지

종소리에 깜짝 놀라
계단을 오르며
문득 불어오는 바람으로
무릎이 시린 사람

그대 어디만큼 왔느냐
돌아보면 바다처럼 밀려오는 허기
허허벌판이 보이는구나

전쟁은 끝났다

발밑에는
탄피처럼 뒹구는
동강 난 백묵

그대 어디만큼 왔느냐

내일에 보내는 축전

여기는
연둣빛 영혼들이 꿈꾸는 곳
따뜻한 기도를 담아
아이들의 이름을 불러본다

새봄·새순·봄비·기쁨·날개
별빛·하늘·풀밭·바다·노래……

아직 이름 붙이지 않은
깨끗하고 고운 것들은
다 너희들의 이름이다

발 닿는 곳마다
새 길을 열고
막힌 세상을 뚫고
푸른 피를 돌게 하여라

오늘은
너희들의 생일
향기로운 열매를 향해
축전을 미리 보낸다

영원히 식지 않을
박수 소리를 담아

사랑은 둥글다

사랑은 둥글다
이음매가 없다

약속은 둥글다
손끝과 손끝이 맞닿아 있어
따뜻한 사람과 사람

열매는 둥글다
가난한 둥지 속에서
하얀 새알들이 눈 뜨고 있다

눈물 담은 눈동자 맑은 웃음소리
비 갠 후 걸리는 무지개
부드러운 목소리
아버지의 굽은 등……

서로 닮았다
모서리가 없다

대낮에도 꿈을 꾼다

사과 마을 마르파에서 히말라야 포카라까지는 걸어서 사흘이 걸린다. 늙은 네팔인의 등에는 단물 가득한 사과 80kg. 사과에 홈이 생길까 봐 바싹 마른 등에 사과를 지고 포카라를 향해 고개를 넘는다. 피 맺힌 등에 업혀 가는 사과. 그것은 등짐이 아닌 알알이 합장合掌이었다.

1950년 6월. 피 맺힌 발톱 동여맨 채 남으로 남으로 가고 있는 하얀 기러기 떼. 피난길 엄마의 등에는 갓 태어난 아기가 있었다. 그때부터 지상의 삶을 마칠 때까지 행여 다칠세라 등에서 내려놓지 못하던 자식 걱정. 그것은 비바람 속에서 나를 지키는 엄마의 애달픈 기도문이 되었다.

어제도 밤을 하얗게 새우더니 등 구부린 채 저어기 낮달로 가고 계신 엄마. 엄마 등에 업혀 대낮에도 꿈을 꾸며 아직도 서툰 발걸음을 익히고 있는 나. 밤마다 나를 지켜주던 엄마의 숨소리는 내 몸 구석구석에 새겨져 다 큰 자식을 아직도 내려놓지 못하는 신비로운 본능이 되어버렸다.

매일 도망치는 사람

「책 읽어주는 남자」 주인공 한나. 그녀는 문맹이었다. 자신의 문맹에 수치심을 갖고 있던 한나. 문맹을 들키는 것이 두려워 사랑도 직업도 모두 버리고 나치수용소 감시원이 되어 유대인 학살을 방조하게 되는 한나. 문맹을 끝내 감추기 위해 필적 감정을 거부하고 살인 누명을 뒤집어쓴 채 다시는 돌아오지 못할 감옥에서 스스로 죽는 한나.

자신의 약점을 들킬까 봐 도망치는 한나처럼 구석구석 감추고 여민 세월. 우연히 지나치는 사람의 기척에 숨 가쁘게 숲 속으로 숨어버리는 다람쥐처럼. 쓰라림도 외로움도 마음 놓고 내지르지 못한 채 아직도 두려움의 옷을 두껍게 입고 있는 너. 마음 여미며 혼자 견딘 감옥이 참을 만한가?

항암제로 불탄 잡목 숲처럼 변한 자신의 모습을 당당하게 드러내며 죽는 순간까지 미소 짓던 여배우 파라 포셋. 마음의 병 부질없다고 홀가분하게 웃으며 그녀가 홀연 마음에 들어온 날, 따뜻한 손님을 모신 듯 훈훈한데 "나는 내

가 정말 마음에 들어"세상을 향해 외치며 두 눈을 가리고
있던 안대를 벗고 마음의 감옥에서 벗어날 수 있을까?

시간의 한계를 넘어 살아가는 방법을 찾아서

이승하 **시인·중앙대 교수**

우리는 지금 살아 있다. 이번에 새 시집을 출간하는 추명희 시인이나 해설자나 이 시집을 읽는 독자나 모두 살아 숨쉬는 생명체이다. 영양분을 섭취하고 그 에너지로 사회 활동을 하고 밤이면 수면을 취한다. 지금 이 지구 상에서 살아숨 쉬는 60억이 넘는 인간은 더 많은 수의 식물, 동물, 곤충, 물고기, 바이러스와 함께 살아가고 있다. 그런데 과연 인류와 뭇 생명체의 종이 멸종하지 않고 22세기를 맞이할 수 있을까? 우리는 금세기에 지구의 종말이 오리라고 생각하고 있지 않지만 지구촌의 각종 천재지변 빈발과 신종 질병의 창궐을 보면 과연 우리 인간이 만물의 영장으로서 소임을 다하면서 또 하나의 세기를 맞이할 수 있을지 의구심이 일어난다. 일산화탄소 배출이 초래한 지구온난화 현상이나 쓰나미가 가져온 일본의 원전 사고를 보면 인류가 또다시 '노아의 방주'를 마련해야 하지 않나 하는 생각을 하게 된다. 우리는 산업혁명 이후 수백 년 동안 석탄을 썼는데 거의 동이 나버렸고, 금세기 내로 석유 자원이 고갈될 것 같다. 인간은 에너지를 먹고 사는 용가리다. 이제 원자력으로 전기에너지를 생산하고 있다. 이 지구 상에 굴러가고 있는 승용차의 대수와 전 세계 방방곡곡에 세워진 원전이야말로 우리가 쌓아 올린 바벨탑이 아닐까. 추명희 시인의 시집 원고를 읽으면서 이 세상 모든 생명체의 생명현상에 대해 다시 한 번 이런저런 생각에 잠기게 된다.

국내여행을 할 때건 해외여행을 할 때건 여정에는 박물관 방문이 대개 끼어 있다. 박물관에 가면 고대사회에서 살았던 사람들이 사용한 각종 물품을 보게 된다. 토기, 화살촉, 의복, 장신구, 악기……. 그 시대에 지구 상 인류의 수는 몇백만이었을까, 몇천만이었을까. 분명한 것은 그때 살았던 모든 사람이 다 죽었다는 것, 그들의 후손이 박물관을 만들었고 박물관에 가서 유물을 구경하고 있다는 것이다. 다시 말해 지금 이 지구 상에서 아옹다옹, 아등바등 살아가고 있는 60억 인간이 후손을 남기기는 하겠지만 현존 인간은 전멸한다는 것이다. 모두 생명체이므로 때가 되면 생명현상이 끝나고 만다. 그런데 다들 영원히 살 것처럼 욕심을 채우려고 나쁜 짓

도 서슴지 않고 한다. 제1부의 시는 거의 다 해외여행 중에
얻은 수확물이다.

　위구르 사내들은
　허리춤에 단검을 꽂고 다니더라

　살냄새 후끈한
　카슈가르의 시장 바닥에서
　작고 서늘한 칼 하나를 골라
　나를 향해 겨눈다

　오십 년 묵은
　썩은 나무토막이 쓰러지고
　나를 깎는다

　내 안의 어둠을 도려내고 벗긴다
　설설 끓는 대낮에 꾸는
　서늘한 꿈
　　－「카슈가르에서 1－서늘한 꿈」 전문

중국의 서북쪽 변방 신장위구르의 시장 바닥에서 화자는

무엇을 보고 공포감을 느꼈던 것일까. "오십 년 묵은 / 썩은 나무토막이 쓰러지고 / 나를 깎는다"는 3연에 이르고 보니 화자가 느낀 공포감은 이국의 사내들 때문이 아니라 '시간' 때문인 것 같다. 과거의 시간과 현재의 시간이 함께 현존하는 카슈가르의 더운 시장 바닥에서 화자는 잠에 빠져 서늘한 꿈을 꾼다. 「카슈가르에서 2」에서 화자는 "카슈가르 전통 시장에서 / 오래 묵어 깊고 진해진 / 우리나라 간장 / 침묵의 참맛을 보았다"고 한다. 한국의 간장은 오랜 시간 발효한 된장을 원료로 한 것인데, 이곳에서도 그런 간장을 보고 "침묵의 참맛"을 느꼈다는 것은 결국 시간의 위력에 대한 사색의 결과물이 아닐까. 간장이란 것이 단순히 음식을 조리하는 데 필요한 양념만이 아니라 만들어지는 데 오랜 시간이 걸렸음을 말해주는, 즉 '오랜 시간' 그 자체임을 말해주는 객관적 상관물인 것이다.

시인은 실크로드 여행 중에 절경인 카라쿨리 호수 근처의 재래식 변소에 갔다가 "똥통에 빠져 허우적대며 / 서로를 물어뜯는 / 구더기의 절규"(「카라쿨리 호수 1」)를 듣고 기절초풍하기도 하고, 머리 위에 만년설을 두른 호수를 보고 "별똥별 되어 빠져버리고 싶은"(「카라쿨리 호수 2」) 충동을 느끼기도 한다. 신강위구르자치박물관에서 여인의 미라를 보고 쓴 시가 있다.

당신도 한 번쯤 꿈꾸었을
영생永生
그 헛된 꿈이
검은 누더기를 입은 채
부끄러운 자태로
잠들지 못한다

미라,
우리들 꿈의 끝자락
썩은 넝마를 두른
영생이란 이름
　─「누란의 미녀」 부분

　'누란의 미녀'는 3200년 동안 흙으로 돌아가지 못하고 "살
의 감옥에 갇혀 있는" 서러운 존재이다. 썩은 넝마를 두르고
영생을 산다고 하여 무슨 보람이 있겠는가. 시인이 생각건대
"쉽게 잊힌다는 것은 / 차라리 / 커다란 축복"이다. 미라도
인간이 시간의 마수로부터 벗어나고자 만들어낸 것이지만
진시황릉과 능원 동문 밖에 있는 거대한 병마용갱, 피라미드
와 스핑크스, 페루의 나스카 유적과 마추픽추, 이스타 섬의
모아이 등이 다 시간을 거부하려는 인간의 집념이 만들어낸

구조물들이다. 이런 것들은 수천 년 동안 지구의 어느 한쪽에서 제 모습을 유지해왔지만 고비사막은 모래의 천국, 아니 모래의 지옥이다. 내리쬐는 햇살 아래 서 있으면 시간이 정지된 듯하다.

쏟아지는 햇빛에 걸려
넘어지는 나그네
사막에는 숨을 곳이 없다

지나온 길이
하얗게 지워져 보이지 않는다
"나는 어디서 왔는가?"

두터운 햇빛이 쌓이고 쌓여
모래가 되었나 보다
발등을 데며
앞만 보며 걷는다

"나는 누구인가?"
모른다 귀가 먹먹하다
나를 잃는 것은

황홀한 축복

모래바람이 불고
지나온 길이
하얗게 지워져 보이지 않았다
―「고비사막 2」전문

나를 잃는 것이 왜 황홀한 축복일까? 우리는 이 세속 세계에서 수많은 관계를 맺으며 살아간다. 그 관계란 것이 따지고 보면 다 의무이고 구속이다. 지나온 길이 하얗게 지워져 보이지 않으므로 "나는 어디서 왔는가?" 하고 질문을 해봤자 답이 쉽게 나오지 않는다. "나는 누구인가?" 자문해봤자 알 수가 없다. 한 명 인간은 고비사막의 저 모래와 다를 바 없다. 아니, 모래는 무한한데 인간은 유한하다. 모래는 자연인데 인간은 자연으로부터 소외된 하나의 유기체일 뿐이다. 모래는 무정물이고 인간은 유정물이라는 점도 다르다. 그래서 인간은 시간의 지배를 받는다. 고비사막에서 시간은 멈춰 있는 듯하지만 명사산에서도 마찬가지다.

한 걸음 오르면
두 걸음 미끄러지며

모래산을 오른다

다시 바람이 불고
흔적 없이 사라지는 어제
고맙다, 고맙다
지난날의 발자국
―「명사산 가는 길」 부분

  아니, 돈황 근처에 있는 모래언덕 명사산鳴沙山에서는 시
간이 사라진다. 내 지난날의 발자취가 사라지고 과거지사 모
든 기억이 사라진다. 길이 사라지고 길을 만든 사람이 사라
진다. 시간조차도 사라진다. "너는 누구냐?"고 수천 년 전의
스핑크스가 묻자 "나는 / 사람 속에서 / 사람답게 / 살고 싶
을 뿐"(「스핑크스의 질문」)이라고 시인은 대답하였다. 아부심
벨 벽화 앞에서는 "나 다시 삶을 배워야겠네", "수천 년 전
에 죽은 사람들 앞에서 / 눈뜨고 있네 / 나, 고백하고 있네"
(「아부심벨 벽화 앞에서」)라고 말한다. 결국 여행을 통해 추명
희 시인은 자기 자신을 찾는 작업을 해본 것이 아닐까. 이
지구 상에서 살았던 모든 사람이 지금은 죽고 없으므로 나
또한 그렇게 되는 것이 진리인 법. 사막을 건너다 죽은 사람
도 많았을 것이고 사막의 낙타도 참 많이 죽었겠지만 다 어

디로 갔는지 지금은 눈앞에 모래뿐이다. 나란 존재도 그 언젠가 저 모래처럼 되고 말리라.

눈 안으로 들어오던
나비는
무너져 내리는 남쪽으로
무슨 화석인가 되어가고

종일 산 바닥을 뒤지던
시간이
빗장을 열고 들어서고 있다
―「가을 옛집」 부분

이 시도 시간에 대한 명상의 산물이다. 시간은 꽃들을 부서지게 하고, 어머니를 고인이 되게 하고, 나비를 화석 속에 가둔다. 시간만 돌아다닌다. "매미 허물처럼 말라가는 세월"(「바람 끝 따라잡고」)을 우리는 붙잡을 수 없다. 인간은 시간의 주인이 될 수 없는 것이다. 시간의 횡포(?) 앞에서 우리는 속수무책 가만히 있을 뿐, 시간을 어떻게 할 수 없다.

제2부의 시는 신이 주신 목숨들의 생명현상에 대한 예찬이 아닌가 싶다. 우리는 지금 살아 있으므로 생명력을 한껏

구가해야 한다.

> 감당할 수 있을 만큼만
> 목마름을 주신 나의 하나님
> 사막에도 낙타의 핏방울처럼
> 붉은 꽃이 피어 있었습니다
> ─「여기서 사는 즐거움」부분

　사막에는 모래만 있는 것이 아니다. 선인장도 있고 도마뱀도 있다. 생명체들은 살아 있는 동안 그 생명을 연장하기 위해 노력해야 하고, 종족을 보존하기 위해 짝을 찾아야 한다. "안개 속에서 무르팍이 깨져도 / 나비처럼 파닥이며 일어"설 수 있고, "초록을 온몸으로 느낄 수 있"고, "퍼붓는 눈발 속에서도 / 봄이 오는 소리"를 들을 수 있다. 인간은 자연과 때로는 싸워야 했고 때로는 화해해야 했다. 때로는 순응하였고 때로는 길들였다. 대적하면 대개 손해를 봐서 길들이는 데 주력하였다.

　눈길을 걸어 입대하는 아들을 배웅하고 온 날은 "어미의 가슴에 쌓인 / 시린 눈발 위에 / 노란 복수초가 / 고개를 내밀고 있는 / 따뜻한 겨울"(「복수초 피던 날」)이다. '따뜻한 겨울'의 의미가 심장하다. 우리는 흔히 생로병사 중 '생'을 긍정

117

하고 '노'와 '병'과 '사'를 부정하는 경향이 있는데 시인은 이 모든 것을 생명체의 자연스러운 생명현상으로 받아들인다. 아무리 오래 살려고 발버둥을 쳐도 시간은 때가 되면 우리를 다른 세상으로 데려간다. 시간의 법칙에 순응하는 방법은 서두르지 않는 것(「배냇저고리」)이며, 애써 채우지 않는 것(「말씀」)이며, 또 뒤돌아보지 않는 것(「부음」)이다. 어차피 "또 한 생애가 / 대답도 없이 잊혀지고"(「부음」) 있으므로, 욕심내고 집착하면 자기만 손해다. 그런 의미에서 눈길을 끄는 시구가 있으니 "갓난아기들이 / 한결같이 고운 것은 / 목에 힘을 주지 않기 때문"(「속마음」)이다. 시간은 어느 인간에게나 공평하게 주어진 것이므로 우리는 갓난아기의 마음으로 살아가야 하지만 그것이 쉽지 않다. 우리는 또한 "누군가의 / 근심을 나누어 져주느라 / 어깨가 늘 젖어 있는 / 사람들"(「젖은 날개」)이다. 마음으로 하는 보시야 즐겁지만 몸으로 하는 보시는 괴로울 수 있다. 자기희생의 삶은 남들 보기에는 좋지만 정작 자신은 얼마나 힘들 것인가. 이런저런 근심을 훌훌 털어버리고 하늘을 날 수 있으면 얼마나 좋으랴.

그리움마저 털어버리니

하늘, 넓고 깊어

외로움도 두렵지 않아라

부를 이름 없어

마음 가볍고

기댈 곳 없어

홀로 넉넉한 가을

─「손 놓아라」 부분

　사랑도 집착이다. 인간에 대한 집착과 사물에 대한 집착을
끊어버릴 때 우리는 비로소 완전한 자유인이 되는 것이다.
"홀로 넉넉한 가을"은 자연과 시간의 유구함과 인간의 조급
함을 대조하려는 시인의 의도가 내포되어 있는 표현이다. 시
인의 시간론은 제3부에 이르러 절정을 이룬다.

무너지지 않기 위해

버티지 마

무너져 봐

허물어진 돌담

하얗게 삭아가는 시간

꽃 피우려고

몸부림치지 마

겹겹이 옷 입은 장미가

비에 젖어 시들고 있어

소란스런 빗줄기
온몸으로 견디는
뼈아픈 뉘우침

먼 데 있는 사람
부르지 마
기다림을 잊을 무렵
찾아오는 나른한 평화

긴긴 나날 견디고
새벽녘 찾아오는
넘치지도 모자라지도 않는
시간
―「시간의 얼굴」 전문

　　우리나라 사람이 잘 쓰는 말 가운데 외국인에게 가장 널
리 알려져 있는 것이 '빨리빨리'라고 할 만큼 우리는 매사에
조급하다. 뭐든지 속전속결로 일처리를 하려고 든다. 평화는
기다림조차 잊고 있을 때 찾아온다고 한다. 우리의 삶이란

무너지지 않기 위해 버티는 것인지도 모르지만 시인이 보건 대 허물어진 돌담처럼 무너져 보는 것도 괜찮은 일이다. "허물어진 돌담 / 하얗게 삭아가는 시간"을 찬양할 수는 없지만 그런 것도 미덕으로 삼을 줄 아는 마음이 현대인에게는 더욱 필요하다. 즉, 느긋함과 고즈넉함을 우리는 즐길 줄 알아야 한다. 넘치지도 모자라지도 않는 시간은 새벽녘이다. 하루가 다 간 것이고 새날을 시작할 수 있으므로.

　식물의 씨앗은 생명의 원동력임은 물론이거니와 시간을 오래오래 간직하고 있는 묘한 것이다. 씨앗의 수명은 인간의 수명보다 훨씬 길다. "딸과 며느리의 / 웃음소리"는 유한한 것이기에 시인은 그것을 "까만 씨가 여무는 / 꽃밭"(「꽃씨가 여무는 시간」)으로 만들고 싶다. 그래서 꽃이 피는 것을 나 자신이 피는 것으로, 나아가 "누더기 된 / 시간이 / 겹으로 피"(「꽃이 핀다」)는 것으로 이해하고 싶어 한다. 그렇다, 우리는 시간을 되돌리고 싶어 한다. 멈춰놓게 할 수 있다면 뭐라도 하고 싶다. 사진의 발명이 다 이것과 연관이 있다. 사진 속의 사람은 죽고 없지만, 우리는 사진을 보고 눈물짓는다. 흘러간 영화를 볼 때, 등장하는 배우는 죽고 없는데, 나는 살아서 그 영화를 보며 웃고 운다. 시간은 인간을 늙고 병들게 하기에 우리는 악착같이 사진을 찍는지도 모를 일이다.

휴대폰에 저장된

번호 모두 지워버린 채

지금 내가 있는 곳은

석양夕陽여자고등학교

복제된 시간이

깨끗이 빨아놓은

운동화를 신고 있다

―「석양夕陽여자고등학교」부분

　시인은 이제 시간의 권능에 대해 말하고 싶어 한다. 어언 63세. 나이로는 어느덧 정년퇴임을 할 시간이 되었다. 한때는 재기발랄한 여고생이었지만 지금은 인생의 황혼녘에 서서 생의 종반부를 정리해야 한다.

　시간은 신이기도 하다. 악착같이 집착해본들 시간은(혹은 신은) 인간의 집착을 허용하지 않는다. 우리 인생이 늘 봄과 여름 같으리라는 생각은 정말 잘못된 것이다. 계절은 금방 바뀌지만 한번 간 봄은 다시 오지 않는다. 여름이란 청춘은 구가해보려고 하면 어느새 가고 없다. "새봄·새순·봄비· 기쁨·날개 / 별빛·하늘·풀밭·바다·노래……"(「내일에 보내는 축전」)뿐인 세상이 어디 있으랴. 아, 우리 주변에 이런

것만 있다면 얼마나 좋으랴만 천국은 이 지상이 아니다. 이 세상은 기쁨보다는 슬픔이, 편안함보다는 아픔이, 즐거움보다는 괴로움이 많은 곳이다. 시인이기에 "오늘은 / 너희들의 생일 / 향기로운 열매를 향해 / 축전을 미리 보낸다"고 하면서 축하만 해주는 것이다.

> 이미 울타리는 무너졌다
> 불이란 불은 다 끄고
> 귀도 버렸다
>
> 잃어버린 시간은
> 숯으로 재우고
> 이제 세상은
> 샘물빛 피가 돈다
> ―「겨울의 꿈」 부분

겨울인데 불이란 불이 다 꺼졌으므로 얼마나 추울 것인가. 잃어버린 시간을 숯으로 재운다는 말이 의미심장하다. "귀도 버렸다"는 말은 더욱 비극적이다. 봄은 오려면 아직 멀었고, 숯을 갖고서 겨울의 꿈을 지필 수밖에 없다.

파라 포셋……. 모두 시간의 파도에 묻힐 존재들이다. 자, 이제 이놈의 시간을 어떻게 해야 할 것인가. 시인이기에 시간의 권능 앞에 무릎 꿇을 것이 아니라 언어의 연금술사가 되어 시를 쓸 일이다.

> 배후가 없는 맑은 말
> 마음으로 스며들어
> 삶의 뿌리를 살리는 말
>
> 말을 다시 배우고 싶다
> 있는 그대로
> 모두 받아들여
> 시장기를 채워줄 말
>
> 나는 아직
> 배워야 할 말이
> 너무 많구나
> ─「말을 다시 배우고 싶다」 부분

시인은 마치 "백일쯤 지난 아가"처럼 말을 다시 배우고 싶다고 한다. 아직 배워야 할 말이 너무 많다는 것은 아직 써야 할 시가 너무 많다는 뜻이 아니랴. "말을 다시 배우고 싶다"는 시를 보니 추명희 시인의 각오가 대단함을 느낄 수 있다. 어느덧 시인은 온갖 일과 의무의 사슬을 풀고, 시 쓰기에 전심전력하겠다는 각오를 다지고 있다. 시간에 얽매여 살아온 생활을 접고 이제 오로지 시인으로 살아가겠다고 하니, 말부터 다시 배우겠다고 하니, 이 시집 이후의 행보도 유심히 지켜보아야겠다. 새로 배울 말이 "배후가 없는 맑은 말", "삶의 뿌리를 살리는 말", "시장기를 채워줄 말"이라니 그 말에 대한 기대가 크다. 냉철한 판단력으로 시간의 한계를 넘어 살아가는 방법을 깨달은 시인의 앞날에 보다 많은 보람이 있기를 바란다.

이제
서두르지 않아도 좋은 시간이
나에게 다가오고 있습니다.
세월의 충고에 고개를 숙입니다.

따뜻하고 겸손하고
너그러운 사람이 되고 싶었으나
이제 돌아보니 부끄러움만 남았습니다.

한때 소중했으나
버리고 가도 아쉽지 않을 만큼의 기억이
시가 되었습니다.

여기서 사는 기쁨과 슬픔을
누리게 해주신 나의 하나님,

흔들릴 때마다

중심을 잡아준 당신,

자식에 대한 소망을
끝내 놓지 않으셨던 나의 부모님

사랑합니다.
고맙습니다.

－2012년 7월
삼각산 자락에서 추명희